BERNARDO y CAMELO

Fernando Krahn

Ediciones Ekaré

Bernardo y su perro Canelo van al circo a divertirse.

«¡Salta!» ordena el domador de fieras.

«¡Uugh!» se queja Krakón, el hombre
más fuerte del mundo.

«¡Tuturú-turú-tutú!» suena la trompeta
de los payasos equilibristas.

«¡Un, dos, tres! ¡Un, dos, tres!» cuenta Tomatito
haciendo malabarismos.

De regreso a casa, Bernardo quiere ser payaso
y hacer muchos trucos.

Pero, primero, hay que practicar.

Ejercicio Nº 1: Bonito.

Ejercicio Nº 2: Difícil.

Ejercicio Nº 3: ¡Peligroso!

«¡A la cama!»

Canelo también ensaya algunos trucos...

...y sigue practicando mientras Bernardo sueña.

Al día siguiente, Bernardo vuelve a practicar.

«¡Salta, Canelo, salta!»

Pero Canelo no está interesado.

«¡Canelo! ¡Canelo! ¿Dónde estás?»

Se hace de noche. Canelo no aparece
y ya nada resulta divertido.

«¿Han visto a mi perro?» pregunta Bernardo
por todos lados.

Pasan los días y Bernardo vuelve al circo
para olvidar sus penas.

¡Canelo!

«¡Te he echado de menos, Canelo!» exclama Bernardo.

De ahora en adelante, inventarán trucos juntos
y no se separarán jamás.

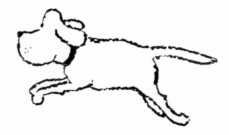

© 1998 Fernando Krahn

© 1998 Ediciones Ekaré

Edif. Banco del Libro, Av. Luis Roche

Altamira Sur, Caracas, Venezuela

Todos los derechos reservados.

Edición al cuidado de Verónica Uribe

Selecciones de color: Editorial Ex Libris

ISBN 980-257-207-1

Impreso en Hong Kong por

South China Printing Co. (1988) Ltd., 1998

La edición de este libro ha sido patrocinada por